몽골에 갈 거란 계획

시인의일요일시집 021

몽골에 갈 거란 계획

초판 1쇄 펴냄 2023년 11월 15일
초판 2쇄 펴냄 2024년 12월 24일

지 은 이 도복희
펴 낸 이 김경희
펴 낸 곳 시인의일요일

표지·본문디자인 노블애드
경영지원 양정열

출판등록 제2021-000085호
주   소 경기도 용인시 기흥구 연원로42번길 2
전   화 031-890-2004
팩   스 031-890-2005
전자우편 sundaypoet@naver.com
블 로 그 https://blog.naver.com/sundaypoet

ISBN 979-11-92732-12-1 (03810)

값 12,000원

몽골에 갈 거란 계획

도복희 시집

시인의
일요일

| 시인의 말 |

몽골의 대평원을 갈망하고
언제든 떠날 수 있는 여행자의 자세를 꿈꾸며
쳇바퀴 도는 생활인으로 하루를 건너가고 있어도
우주를 품고 살아갈 수 있도록 도와줘
이 모든 건 순전히 너만 할 수 있는 거야
그러니 詩여
내게서 영영 떠나지는 말아 줄래
부탁하니 손잡고 같이 가자

| 차 례 |

1부

2부

.

3부

4부

순간순간 몽골의 아름다운 무사가 되어

너를 정복하는 데 내 모든 것을 걸어 볼 테야

물푸레나무 숲에는

어디서도 끝나지 않는 환생이 산다

몸을 갈아입지 못한 이무기들의 한숨과
이름을 묶어 둔 눈빛이 떠다니는 곳

발 없는 이들을 조상으로 두어서
걸음 없는 비가
환절기마다 쏟아지고
허공에 뿌리를 뻗어 가는 곳

텃새들이 계절풍을 불러들이면
영혼을 가질 수 없는 주술사가
재앙조차 낭만으로 바꾸는 곳

물푸레 숲이 저녁의 방언을 쏟아 내면
시인은 타이핑을 멈추지 않는다

숲의 주술을 베껴 쓰느라
손목이 시큰할 때까지

몽골에 갈 거란 계획

그때까지 우리가 바라볼 수 있다면
울란바토르에 갈 거야
칭기즈칸의 후예처럼 초원의 바람을 가르며
서로를 정복하는 데 열 올릴 거야
너 아니면, 안 되겠다고
잘 훈련된 기마병 되어
널 향해 달려갈 거야
매일 밤 그 마음을 토벌해
한시라도 떨어져 살아갈 수 없도록
그렇게 길들일 거야
그래, 그때까지 우리가
서로의 이름으로 채운다면
순간순간 몽골의 아름다운 무사가 되어
너를 정복하는 데
모든 것을 걸어 볼 테야
잊는 연습부터 하는
내륙의 참한 여인 같은 건
절대 하지 않을 거야

일요일의 언어

도서관— 폭염을 도망 나온 사람들이 오글오글 모여서 책 속에 숨어 사는 벌레를 잡거나 놓아주는 장소.

카톡— 너무 심심한 날 아무런 기대 없이 던지는 물수제비 같은 것. 일시적 파동 후 이내 처음으로 돌아감.

화가— 혼자 있어야 하는 유전자를 가지고 태어났으나 종종 사람을 만나러 일상으로 내려오기도 함. 캔버스의 언어가 파격적일수록 따뜻한 미소를 지닌 역설적 인간 유형.

구만리— 구만 갈래의 길을 헤매다 잠시 쉬어 가는 장소. 정착은 어려우나 흥미를 유지하게 만드는 갖가지 이야기가 내려옴. 비밀의 정원을 만들다 한 점 먼지로 돌아가는 물리적 시간.

이별— 겨울 들판에서 홀로 흔들리는 나무의 자세로 두고두고 아무것도 아니었다는 것을 느껴야 하는 시간.

엄마는 12월의 화투를 좋아했다

나이 든 딸과
더 나이 든 엄마가
슬래브 집에서 화투를 친다
문밖으로 눈이 펄펄 쌓이고
점당 10원짜리 내기 화투로
시간을 다듬는다
이른 아침밥은 이제 필요 없다
아무도 녹슨 대문을 나서
골목을 빠져나가지 않는다
조용히 늙어 가는 마을
청단 홍단에 반짝, 화투패 들어맞는
소리만 출렁인다
고관절 실금으로 주저앉은
겨울이 지나가고
1월에서 12월 사이
비광 달광이 동무처럼 왔다가
흩어지는 동안
감나무 밑동만 남은 마당

저녁은 혼자서 똬리를 풀어내고 있다
잠금쇠 단단히 걸어 둔 한 평 방에는
찐 호박고구마 놓여 있고
벚꽃, 난초, 홍싸리 무더기로 들어온다
숨 막히는 꽃들의 싸움으로
모처럼 환한 겨울밤이다

꽃잎의 시간

눈꺼풀 감기는 인형을 훔치고 싶었어

팔 한쪽 빠져나간 유년을 내다버리고
새 옷으로 갈아입고 싶었어

유리창 너머 만능슈퍼는 닿지 않는 세상
마른침 삼키며 곁눈질 멈추지 못했지

등하굣길 발걸음 잡아끌던
끝내 가 보지 못한 능선 너머

계집아이 꿈자리 기슭마다
인형의 눈꺼풀이 떠다녔지

생일선물로 받은 인형을 들고
아랫집 영진이가 웃고 있을 때
몇날 며칠 손톱을 물어뜯었지

말라붙은 희망이 해안선을 따라
출렁이고 있었지
한번도 갖지 못한 인형의 시간

시인으로 사는 일

날 잡아가세요
애인의 아킬레스건을 베어 버렸으니
그는 꿈쩍 못 하고 내 안에서 늙어 갈 것입니다
감금은 나의 죄명이지만
항소할 생각 같은 건 애초에 없습니다
집착이 마지막 옷이 된다 한들 뭐 어쩌겠어요
도서목록을 작성해 드리지요
그를 읽어 나가는 게 유일한 호흡이 될 테니까
모든 걸 처분해 매화나무 잎눈이 담긴 책을 구입해 주세요
발목을 접질러서 아침운동은 빠져 볼게요
바람의 그늘 뒤에 숨어 페이지를 넘길게요
애인의 이름으로 주술을 만들려고요
화살이 심장을 관통하도록,
비법을 연마할게요
태양 경배 자세로 나머지 생을 바친다 해도
마음을 옮기는 일이 바람의 방향을 트는 일보다
어렵다, 그랬나요
손을 적신 죄 내려놓지 못한

집착 때문이었다고 하면
나의 아킬레스건이 될까요

비의 이유

새벽에 비가 내리는 건
하느님이 나에게 말 거는 방법입니다

깨어난 나는 성경책 대신 빗소리를 읽습니다

시편이거나 아가서이거나 고린도후서가 아닌
빗소리는 또 다른 신의 목소리입니다

홀로 남겨진 어린 짐승의 눈빛을 닮아 갑니다
동그랗게 웅크린 모양입니다

새벽에 비가 오는 건
지상의 상처가 무거워진 까닭이고요

먹구름이 낳은 불면으로
하느님의 목소리에 손을 얹는 동안
제법 세상이 선명합니다

난청의 시간

한쪽 귀를 닫은 엄마는
절반만 전화를 받는다
수신호가 마지막까지 간 뒤
'전화를 받을 수 없습니다'라고 단정 지을 때
나락으로 떨어진 신호음에서
수십 마리 까마귀 떼 날아오른다
여든일곱 해 건너온 그녀가
누구의 배웅 없이
오늘을 접고 있을지도 모른다는
생각의 꼬리들이
끝도 없이 풀린다
엉킨 털실 뭉치 풀어내듯
당도한 새벽에 다시 수신호를 보낸다
절반의 시간에 다다르기 위해서

이별 메뉴

쇼팽 환상곡으로 부탁해요
선율에 기대어 탈출을 시도해 보려고요
노르웨이 자작나무 숲의 통나무집
새벽이 무지갯빛으로 물드는 곳에서
누구도 마주치지 않을 방법이 있을까요
움푹 파인 초승달에 걸터앉아
낮달이 될 때까지
밤의 벼랑을
뜬눈으로 보내야 할 테지만
상관없어요
당신이라는 감옥에서 도망칠 수만 있다면
발자국 사라진 사막을 걷는 일이 대수겠어요
한때 인연이라 믿었던 사람이
숨통을 조이게 될 줄 상상이나 했을까요
기대는 죄가 되죠
모든 당신은 환영이었습니다
맨발의 도망자 되어 자작나무 숲길을 달려가요
쇼팽 곡으로 부탁해요

부드러운 은둔

새들이 날아간 방향을 바라보는 저녁은
늘 그대의 집 쪽이었다, 습관 같은 것

두꺼운 책을 찢어 내며 햇빛을 차단한 시간 동안
활자들이 말을 걸었다

알아들을 수 없어서 알아듣지 않는 오후에도
무언극은 진행되었다

관객으로 그대만을 앉혀 놓은 소극장
엔딩이 몇 년째 미뤄지고 있다

몬트리올 400일

빈손이었지만 무모했으므로
도망 나올 수 있었지

도서관을 전전하거나
빈 놀이터에도 갔지만

그네를 타는 것은
한 줌 햇살이 낳은 그림자뿐이었어

노을이 퍼지는 때를 기다려
날개에 매달리기도 했어

계획된 여행은 아니었어
빈둥대던 때였으니까

영화 프리티켓으로 시간을 보내는 동안
가난과 쓸쓸함에 쉽게 적응했어

이란 영화에 빠져 살았던 그때
단풍나무 숲을 겉도는 바람의 정체를 캐는 일이

물설은 도시에서 유일한 소일거리였지

1985, 기억을 베어 무니 송곳니가 시리다

보문산 중턱 슬레이트지붕 아래 모여 살던 우리는
저녁마다 성장판이 자랐다
쪽창에 달라붙어 하얗게 얼어 가던 겨울밤에도

S#3
수출용 방한의류 공장에 다니던 미숙이 언니는
답장이 오지 않는 손편지를 밤늦도록 써 댔다
실밥 딸려 들어간 편지는 반송되었고
　그때마다 꽃무늬 편지지를 고르러 보문산 아래 문구점으로
달려갔다
　무릎까지 빠지는 폭설 속으로 걸어간 언니는
　다 늦은 저녁
　겨울 벌판 은사시나무 얼굴이 되어 대문을 들어섰다

S#4
가로등 아래 버려진 책가방
흩어진 국정교과서들이 눈에 반쯤 묻힌 채 발견되었다
월요일이 되어도 도착하지 않는 소식은

복잡한 낙서가 되었다

S#5
그해 겨울은 검정 스웨터 보푸라기 같았다
갈 곳도 만날 사람도 없어
문창동성당과 중앙시장 밤 골목에 그림자를 데리고 다녔다
싸구려 운동화는 밑창까지 젖었다

S#6
보문산 중턱 가파른 동네에서 바라본 불빛은 손가락 새로 흘러 나갔다
얼음장 밑 가둬 버린 눈알들이 내내 거친 꿈속을 들락거렸다
온기가 필요했지만 자취집 연탄가스에 코를 박고 잠들던 날들
다니던 대학가는 최루탄에 더 이상 숨을 곳도 없었다

2부

당신이 있기에 우리 모두가 있다는

이 달콤한 말을 호주머니에 집어넣고 다녀야지

사소한 날의 억양

네가 곁에 있어 억양이 생겼다

기억을 털어 내고 버틴 하루가 잠깐의 무지개 같았다

마흔일곱 개 계단을 세며 올라간 옥상

난간에 선 알 수 없는 이유가 오늘의 억양이 되었다

드림하우스 103호

남자의 잠이 창백하다
드림하우스는 아직 꿈이 준비되지 않았다

1,265일

호주머니 면도칼을 꺼내는 건
담배를 피우기 위해 방 밖을 걸어 나올 때뿐

칼날을 바람에 대면 토독토독 뜯겨 나가는 실밥들
긴 숨으로 날린다

문틈으로 새어 나온 단내

시간이 뭉크러진 피로의 냄새

동굴 안은 안녕하신가

마늘과 쑥을 챙겨 사람이 되고 싶었던

남자의 오후가 녹아내리는 동안

생활은 면책사유 없는 형벌이라고
꿈과 꿈 사이를 오간 잠꼬대, 비틀거린다

오후 3시의 전생

그날의 2시는 옥산저수지 민물고기 집에서 태어났다

시간은 물고기를 잡는 어망에도 걸려들지 않았다

윤슬의 동공은 2시 30분으로 찬란했다

햇빛이 토해 놓은 비늘을 쓸어 모아 2시 50분을 만들어 냈다

버드나무가 오후 3시의 물그림자를 건축했다

손쓸 사이 없던 파문 하나가 저수지 수면을 흔들고 있었다

싱싱한 유서

그녀의 아홉 번째 개인전을 관람한 날
검은가슴물떼새를 봤다

들고 있던 나이프가 지나간 손목
당혹은 검붉게 들러붙어 있다

주변을 감고 있는 콘트라베이스 음률
주인 잃은 작업실에서 부화한 수천 마리 새들은
낯선 징후가 남긴 흔적이다

날개를 보고 있으면 겨드랑이가 욱신거렸다

유화물감 냄새 진동하고
흩어진 화구마다 몰입의 순간들이 말라 간다

냉장고 위 칸에서 발견된 싱싱한 유서
행간과 행간 사이 숨결이 만져진다

캔버스 박제됐던 새들도 일시에 날아오른다

화가가 살던 곳

남당리 절벽에 뿌리내린 적송이
풍경의 전부인 곳에서 그는 그림을 그렸다
화목 난로 불씨가 사그라질 때까지
지상에 없는 형상을 화폭 가득 들여놓고 싶어 했다
불기 없는 작업실은 이내
산비탈 한기로 채워졌다
떠나지 못한 귀신들 아우성이
2월의 목소리를 낳는 곳
그곳에서
눈빛 맑은 자에게만 허락한 신의 재능도
묻혀 버리곤 했다
마을 초입 비탈진 길은
폭설에 스스로를 유폐시킨 채
한동안 문을 열어 주지 않았다
눈발 가득한 남당리 마을 끝집
곱은 손으로 붓을 든
화가의 눈을 마주친 적이 있다

승차시간

버스정류장에 두 노인이 앉아 있다
89년째 집으로 돌아가는 버스를
기다리는 중이다
겨울에서 봄여름가을이 지나가고 다시 찾아오는 동안
무릎과 허리에 선명한 세로무늬 시술 자국
지상은 버티는 일이다
정숙이 엄마는 십여 년 투석으로 끌고 오다
일흔 조금 넘긴 나이에 저혈압으로 쓰러졌다
이틀에 한 번 가던 부여병원을 거부하고
장지로 가는 버스를 탔다
라피네 아줌마는 간암으로 환갑 며칠 지나 환승했고
더 오래 버스를 기다리던 이들은
단기 기억을 놓치기 시작했다
했던 말을 두 번 세 번 그 이상으로 반복했다
폭염 아래 중얼거리던 노파가
들어서는 버스를 바라보며
느리게 일어서고 있다

바다소리펜션 여주인

지금은 폭우가 지나가는 한때
바람 안에 애끓는 파도 소리가 산다

대문 없는 마당으로
바다의 말들이 밀려왔다 뒷걸음치고
외벽 후려치는 흘레바람*의 낯빛을 보고 있다

기다림엔 이미 이골이 났다
허물어지는 무릎으로 가 닿은 선착장

기대를 품은 사람은
하루 몇 차례씩 파고 높은 파도를 들어올린다

들고나는 뱃전에
포말처럼 쏟아 내는 혼잣말
가득 찼으나 텅 비어 있다

이름을 들여놓은 후

채석강 지층은 그리움의 무늬를 새기고
그 무늬마다 뼛속까지 노대바람**을 채워 가듯

밀물에 지는 부안 격포리의 해
다시 건져 올릴 때까지
생의 투망을 던진다, 그녀가

* 비를 몰아오는 바람
** 풍력계급 10의 몹시 강한 바람

언제부터 서로에게 모든 기대를 내려놓게 되었나

기대가 사라진다는 건
봄이 되어도 꽃이 피지 않는다는 거
한겨울의 폭설이 녹지 않는다는 거
더 이상 하고 싶은 대화가 일어나지 않아
서로에 대한 관심에서 아웃된다는 거
바라보는 시선에서 그 무엇도 읽어 내지 못하는 거

기대가 없다는 건
그가 사는 현관문을 지나쳐
사막으로 가는 계단을 밤새 오르는 거
발이 붓고 외로움이 붓고
새벽에 당도하지 못하는 계단을
수도 없이 세야 하는
마른 입술이 되는 거
무미의 맛처럼 더는 아무런 맛도 느낄 수가 없는 거

그건 말이지
별이 뜨지 않는 캄캄한 길에 혼자 서 있는 거

정원에는 비밀이 자란다

물 한 방울 주지 않아도 왕성하게 뻗어 간다 소문은
담벼락에 뿌리를 대고 시푸르게 오르는 담쟁이덩굴이
끝내 그 집을 삼켜 버린 것처럼
비밀에서 탄생한 종족은 각자의 모퉁이를 넓혀 간다
잔뿌리 뻗어 가는 속도가 빨라지면
밤은 낮을 한입에 넘기고도 입맛을 다신다
새들의 목청 날카로워지고
풀벌레가 온몸으로 소리를 문질러 내면
더욱 비옥해진다 비밀이 자라는 대지는

4개의 파편

#1
물구나무 자세로 오전을 보냈다
바람이 통과하면서 바싹 말라 갔다
어제가 가벼워지는 데
서너 시간이면 충분했다

#2
수족관 거북이를 꺼내 주었다
시내로 쇼핑 나가던 거북이 무리
뒤집힌 채 버둥거리고 있다
당혹을 배운 날이다

#3
머리를 감겨 주던 애인이
비누거품을 그대로 둔 채 사라졌다
이유도 모르고 오랫동안
눈이 매웠다

#4
배추흰나비벌레가
쉽게 들키지 않는 건
배추의 뜻이란 걸
뒤늦게 알았다

아무도 몰랐지 303호에 천사가 세 들어 사는 걸

날개가 꺾였지만 천사는 유쾌했다
입술에 궁굴려지는 웅얼거림
화성의 언어를 숨기고 살면서
지상의 구석방에 불만을 품은 적 없다
고정된 채널을 끄는 건
목이 늘어진 티셔츠를 입고
편의점으로 저녁을 사러 갈 때뿐
유통기한 촉박한 삼각김밥과 커피는 그의 주식이었다
날개가 있던 자리는 티셔츠 안에서 종종 상처가 재발되었다
미간이 좁아지며 내 천 자의 주름이 잡힐 때는
덧난 자리가 욱신거리고 있다는 증거다
날개의 자연치유가 끝나면 바로 떠날 거라고 했다

여수의 시간

귀신처럼 따라붙었다

포구 옆 수천 갈래 뻗어 간 느티나무 잔가지처럼
숨과 숨 사이로 들락거렸다

봄이었지만 지독하게 추운 여수 밤바다까지 쫓아와
걸음걸음마다 발맞춰 걸었다

뚝뚝 모가지 떨군 동백꽃
죽어서도 산 사람의 눈빛 닮은 저 섬뜩한 꽃처럼
너는 버려도 버려지지 않았다

잘게 잘라 물고기 밥으로 오래오래 던졌다

펄펄 뛰는 그리움
뱃전으로 튀어 오른다

명륜당 구절초는 웃자라지 않는다

꽃그림 그려 넣은 검정고무신 신은 그녀가
구절초 기르는 집
적당히 끊어 내야 웃자라지 않는 오늘
새벽을 깨워 꽃대를 자른다

뒷마당에서 자란 그늘이
책장 사이로 스며들면
정호승의 밥값을 펴 들고
때 놓친 밥처럼 시를 퍼먹던 집

솔숲 미끄러져 다니던
오뉴월 뱀이 마당 한 귀퉁이 기다란 몸통을
드러내 보이면
'어서 지나가라' 손사래 치는 인사에
구절초 무리 지어
한 뼘 더 꽃대 올리는

명륜당 그 집에 가면

'홍삼명주' 한 잔에도 알싸한 취기 올라
거뜬히 100년을 살아 낸 기분이다
결혼의 불운함에 대해 말하고 있어도
불운이 끼어들지 않는 집

3부

내일을 꿈꾸지 않아서

더는 욕심내지 않아도 되었다

산골책방에 관한 상상

담장을 허물어 바깥을 들여놓을 거야
밤을 속속들이 들여다볼 수 있도록

3월 봄눈이 푹푹 내리는 날
적막에 고인 불빛 따라
헐벗은 발걸음 찾아올 수 있도록
등불을 매달아 놓을 거야

계수나무 한 그루 달을 품는 계절
마당 귀퉁이 집토끼가 되고 싶은 산토끼
빨간 눈알과 마주치면
'안녕' 하고 인사할 거야

떠나간 애인이 찾아오는 기대로
책방 먼지 풀풀 날려 별로 뜰 때까지
몇 계절 기다림을 품고 살 거야

우물가 봉숭아 피고

하늘 가득 별빛 바라보는 일로
산골의 밤을 보낼 거야

활어처럼 헤엄쳐 다니는 유성 하나를 골라 타고
지구 밖으로 쏘다닐 거야

읍사무소가 보이는 화요일

늑골에 새집 둥우리가 생긴 걸까
숨을 내뱉을 때마다 잔기침이
터져 나온다 '쇠락쇠락'
겨울 들판이 한꺼번에 왼편으로 쏠리는 거 같다
억새 무리는 바람이 오는 방향을 알아
누울 때마다 한꺼번에 부딪히는 소리가 난다
출근 시간이 가까워질수록 초침이 빨라진다
눈두덩 열감 높아지고
목의 파열음 가라앉지 않은 채
출근길 골목에 선다
저기 청원구청 간판이 기울어진다

가을이 오면

천 개의 달이 다녀갈 거야
고기 떼가 허공을 날아다니겠지
틀어박혀 있던 화가가 작업실에서 나와
콩코드광장으로 달려 나갈 거야
기운 어깨를 가진 이들이 일렬로 늘어서
바람의 언덕에서 무한정 쉬었다 가겠지
쿠키를 굽던 너는 설탕과 버터 냄새를 들고
초식동물이 몰려 있는 곳으로 첫발을 떼겠지
경계성 치매 판정을 받은 그녀는
단기 기억을 놓아 버리고 순하게 웃고 있을 거야
몇 차례 곡비 소리 멈추고
장례는 무덤덤하게 끝나 버릴 거야
가을이 오면

6월에서 10월이 오는 동안
―청주

허밍으로 고백한 자들이
궤도를 이탈하는 시간

여름 벚나무 그늘이 조금 무거워졌다

창밖 드림교회 옆 놀이터
길고양이는 밤을 틈타 골목을 장악하고

잠들지 못한 사람들은 야식을 사러
슬리퍼를 끌고 나왔다

꿰어 놓은 격자무늬 기억으로
세 든 2층 원룸은 견딜 만하다

6월에서 10월 사이 혼자 부는 휘파람이
제법 익숙해져 갈 때쯤

우암산 자락이 저 혼자서
낮빛을 바꾸기 시작했다

장미허브가 자라는 집
—청주 9

가능한 과거를 버려야 문이 닫혔기에
간소한 생활만 허락되었다

입지 않는 옷을 수거함에 집어넣는 수요일은
오늘만 사는 것이 자연스럽다

빗질할 때마다 한 움큼씩 빠지는 머리카락을
쓸어 담으면 하루의 끝에 당도했다

적당한 요일을 택해
내다버리는 일을 쉬지 않았다

아무도 생각나지 않을 때까지
고요해질 때까지
평화로워질 때까지

내일은 사용하지 않는 유리잔을
모레는 신기만 하면 발이 까이는 신발을

글피는 베란다 귀퉁이 죽은 베고니아 실뿌리를 담고 있는
토분 두 개를 내다버리자

야경이 내다보이는 허공으로 이사 온 후
사는 일이 헐렁해졌다

장미허브를 키울 수 있을 만큼

일기를 쓰는 날들
―청주 11

수암골목 1번지 수암골 그늘에 앉아 있으면
바람의 문이 저절로 열린다
목동이 찾아 나선 양떼구름
무리 지어 몰려다니고
그 구름을 세느라고 할 말을 잊은 일요일은
내일을 꿈꾸지 않아서 더는 욕심내지 않아도 되었다
순례길 같았던 하루
맞잡은 기억이 따뜻해서 바랄 게 없는 날
살아 있는 순간이 때로는 감사로 가득하기도 했다
혼자가 되는 건 찰나
여름과 가을이 교차되는 사이
무심천 끝자락으로 붉은 저녁이 가라앉을 때마다
서쪽으로 오래 걷다가 돌아오곤 했다

마로니에시공원이 있는 풍경
—청주 13

마로니에시공원에 와서 한참을 서성인 건
겨울이 당도했기 때문이다
진눈깨비 사방으로 흩뿌리는 날은
문 닫힌 상가처럼
사람들도 말하는 것을 멈춘다
천 개의 고원으로 남아서
각자의 높이로 외로울 뿐이다
높은 외로움으로 살다 간 시인들의 시비를 만진다
입을 닫아걸고 눈빛만 맑아진 가슴에
초승달 뜨려나
밤 산책이 길어진다

길고양이가 사는 골목

―청주 17

밤의 휘장을 걷으면 골목이 드러난다
율량동 동사무소 뒤편 공터
매실나무 그늘 아래
길고양이 여섯 마리
그늘에 배를 깔고 누워 있거나
천천히 걸음을 옮긴다
그들은 정해진 방향이 없어
방향을 이탈하는 법도 없다
가뿐한 태도로 순간을 마주할 뿐이다
운동기구에 올라탄 사람이 허리를 돌리면서
정남향 쪽을 힐끗 훔쳐본다
몸을 돌리는 대로 새벽이 삐거덕거리고
길고양이만 복수의 형식으로 남아
그 누구의 시선에도 아랑곳하지 않는다

우리는 때로 돌개바람에 흔들리는 미루나무가 된다 —청주 26

율량동 핫플레이스에 위치한 '정통집'에서 소주 '시원'을 시원하게 마셨다 돼지김치구이 전문 식당을 결정하려고 한 바퀴 반을 돌고 나서 들어온 집 첫잔은 시원하게 원샷이다 일상의 긴장을 끊어 내면 사람이 보인다 마음을 여는 일이 어디 쉬운 일인가 상처 입은 사람일수록 소주는 달다 한 계절을 살아 내고 난 뒤 목요일이거나 금요일쯤의 약속은 구겨진 웃음을 슬쩍 꺼내 놓게도 한다 옹쳐매 두었던 언어를 풀어내 그간 쌓아 둔 이야기도 술술 털어 내고 만다 한 계절에 한 번쯤은 돌개바람에 흔들리는 미루나무처럼 그곳에 서 있어 볼 일이다

4월의 폭우
—청주 33

우산으로 막아도 폭도처럼 들이닥치는

골목까지 따라와 무자비할 만큼 적셔 버리는

용암동성당과 농협은행과 꼬마김밥 분식점을 지나면서 너라
는 안부를 떠올리게 하는

신호음 꺼 버린 채 궁금증에 바람만 불어넣는

셔터문 내린 상가마다 임대문의를 요구하지만 아무도 문의를
문의하지 않게 하는

반쯤 가린 마스크의 얼굴들이 서로를 비껴가는

도심 안 공원 놀이터가 보이고 벌레 먹은 살구나무 열매가 익
다 말고 수북하게 떨어지는

길고양이 서너 마리가 몸통 늘이는 유휴지를 지나 화선집 모
퉁이를 돌아 율량동 파크빌 불 꺼진 창문으로 들이치는

무법천지 외로움을 키우는 저 빗줄기

당직

바게트 샌드위치와 믹스커피가 있는 저녁
눈으로 오탈자를 쫓고
입으로는 한 끼 허기를 씹어 넘긴다
하루가 이토록 질겨서야
반문할 사이 없이
넘겨야 하는 1면과 16면의
활자들을 쫓아가는 중이다
여름날 폭염 들끓는 소리
귓등으로 날려 버리고
급하게 넘긴 일상에
소화제 한 주먹 털어 넣는다
'해'와 '헤'의 차이를
핀셋 끝으로 잡아 올린다
줄무늬 벌레처럼
꿈틀거린다 격렬한 모양새다
잘 익은 활자들
당신의 식탁에 오를 차례다

월요일의 새삼스러운 다짐

처서 지났으니
시간이 훨훨 날아가겠지
아침저녁으로 율량동공원에 뒹구는
찬바람도 발끝에 채이겠지
어떻게 살아 낼까 베일 듯 버틴 시간도
녹슨 칼끝 같아
여전히 월요일의 가중치는
감기기운처럼 떨어지지 않아도
또 한 주일은 지나가겠지
두려움은 발아래 슬쩍 눌러두고서
눈인사를 해야지
안녕 '월요일'
용기 내 마주할 테니
순하게 지나가거라

청미래덩굴이 자라는 시간

사랑의 방향으로
마음을 열어 둘 때 너는 자란다

드뷔시의 달빛이 연주되는 동안
음표를 주우러 다니고
푸른 사다리를 타고 올라간
청미래덩굴은
달빛 안으로 잎맥을 뻗어 간다

그믐달에 눈빛이 닿으면
계수나무가 바람 한 줄기를 털어 낸다

4부

우리는 서로의 꽃잎으로

지상에 함께 흔들리다 가는 것이니

손가락

프레스에 잘려 나간 건 가족입니다
잘린 마디를 주워 들고
병원으로 달렸지만 복원은 불가능했어요
출혈이 멈추지 않아서
피범벅으로 비릿했죠
붙지 않은 손가락처럼 가족이 잘려 나갑니다
팔짱 낀 얼굴들이 제자리로 돌아갑니다
발걸음도 일정하게
열 개의 손가락을 호주머니에 집어넣고
열린 철문 안으로 빨려 들어갑니다
식구들은 철문 안쪽에서만
지탱할 수 있는 무게입니다
바깥은 폭염입니다
피딱지 검게 말라 가는
나는 지문 없는 손으로 재탄생했으나
이미 세상에서 사라진 존재입니다
모든 확인은 지문의 날인으로 가능하다고
동구청 여직원은 말합니다

건기의 12시 방향으로
나와 가족은 실종되기로 결심했습니다
국가도 회사도 이웃도 찾지 않는
조용한 사라짐,
당신의 손가락을 조심하세요

랄라, 나의 스물한 살

스물한 살의 발이 물집투성이다
열 개 발가락에 일곱 개의 상처
부풀어 오르다 터진 하루가 저문다
허리 짧은 유니폼과 볼 좁은 하이힐로
중무장한 서비스 정신
미소를 방어막으로 내걸고
친절을 실천하는 아홉 시간이
최저 시급으로 돌아온다
'죄송합니다'를 염불처럼 독송하는 사이
하루가 저문다
퉁퉁 부은 하루를 짊어지고
발랄함 강조한 매니큐어 발톱을 가진 발이
매장 문을 나서
클럽 안으로 들어서고 있다

미희 美囍

"엄마는 수몰되었어
아버지는 오랑캐 부족의 수장이었고
만난 적 없지만 그의 피를 느껴
도사견에 물리지 않으려고 뛰었어
이빨 드러낸 짐승으로부터 도망칠
한 칸 방이 없어서
심리학책에 숨어 들어온 거야"
야간자습 시간 잠깐 책을 덮은 그 애가 말했다

비밀을 공유하면 친구가 된다

협곡처럼 알 길 없는 눈을 가지고
수업시간 내내 고개를 숙이고 있던
그 애는 몽골인형 같았다
성장판에 닿은 가난이
열한 살의 키로 묶어 두었다
그림자를 쫓아
엉겅퀴도 쐐기풀도 자라지 않는 그 애 집을 기웃대다

큰 개에 물릴 뻔한 이후로
그곳을 돌아 멀리 다니기 시작했다

나는 데이지 꽃을 좋아합니다

데이지는 내년에도 그 후에도
겹겹이 생을 펼치겠지. 홍자색 희망으로.
데이지 꽃을 유독 좋아하던 나영이는
그날 빚 독촉에 시달리던 아버지의 손에 죽어 갔다.

"아버지 나는 살고 싶어요
살아서 하고 싶은 일들이 너무 많아요
고통을 주고 싶지 않았다 말하지 말아요
아픔조차 살아서 느끼고 싶었어요
아무도 보이지 않는 곳으로 가기 싫어요
친구들 웃음소리가 듣고 싶어요
어제 있었던 일을 함께 떠들고 싶어요
친구들과 놀기로 약속했어요
낙엽 구르는 날에는 깔깔대며 웃고 싶어요
그러니 아버지 나를 살려 주세요
당신의 고통에 나를 묶어 두지 말아요
나는 책읽기를 좋아해요

읽고 싶은 책들이 얼마나 많은데요
나는 고작 초등학교 3학년인 걸요
중학교도 고등학교도 대학 공부도 마치고 싶어요
직장생활도 하고
계절에 따라
예쁜 옷도 사 입을래요
새로 산 옷을 입고
영화도 보러 갈래요
아버지의 빚덩이가 나를 목 조르고 있어요
살려 주세요

노조미 키류 ― 나는 모범생 딸이었습니다

강가에 목이 없는 늙은 여성이 떠오르자
세상은 술렁거리기 시작했다
노조미 키류는 그녀의 딸
간호사를 하고 있는 그녀가 범인으로 지목되자
다시 한번 각색 없는 놀라움이 송출됐다
의사가 되라는 9년간의 압박이
불러온 결과였다
노조미는 외출을 통제당했다
힘들다 반항하면 폭행도 피해 갈 수 없었다
화장실까지 쫓아와 강요하는 공부는
의대생을 만들겠다는 어머니의 집착 때문이었다
아무리 노력해도 의사가 되는 일이
어려웠던 노조미는 타협을 통해 간호사가 됐다
늙은 어머니는 의사가 되지 못한 딸이
성에 차지 않았다.
조산사 자격증을 따라는 압박이 다시 시작되고
노조미는 선택을 했다
"괴물을 물리친 것 같은 기분이었어요

의대만을 강요하는 엄마 때문에 늘 괴로웠어요"
15년형을 선고받은 노조미는 말간 얼굴에
오묘한 미소로 허공을 응시하고 있었다

확진

하루 다섯 번 넘어졌다
수돗물을 틀어서 왼손을 닦았지만
돌아서면 다시 넘어졌다
텔레비전 채널마다 트로트 영웅들이
애를 쓰고 있었지만
근육통은 나아지지 않았다
오색 벌레가 등뼈를 갉아 먹는 것 같아
숨을 몰아쉴 때마다
폐에서는 쇳소리가 들렸다
모든 일요일이 바이러스에 폐쇄당하자
입술이 도라지꽃빛으로 변해 갔다
무서워서 오른손을 감췄다

입추 무렵의 ㄴ씨

통장 잔고가 가벼워지고
애벌레 알이 방 안 모서리
ㄴ자 모양으로 슬어 가고 있어도

희망은 부화될 수 있을까
언젠가 한번쯤은
바다 가까운 곳에
ㄴ자 모양 집을 짓고 살아 볼 수 있을까

기대가 부풀어 오르는 건
잠자는 동안뿐이어서
깨어 있는 시간을 분쇄기에 갈아
내린 커피에 한 스푼씩 녹여 마셨다

오래 잘 수 있는 민간요법이라고 했지만
효과는 없었다

전복된 저녁

20시 13분 서희스타힐스 앞
전복된 저녁이 의식을 잃어 간다
오토바이 파편이 흩어진 현장
주워 담지 못한
청년의 하루가 가파르다
구조대가 도착해도
구조되지 못하는 가난
십일월 바람에
그의 이마가 식어 간다

'덜컥' 하고 보내온 시집

다세대주택 우편함에 시집 한 권 꽂혀 있다
매미가 악착스레 계절을 물고 늘어진 날
'덜컥' 하고 와 버린 것
임계점 지난 언어들이
언 밥 같아
시 한 편을 입 안에 떠 넣자
현기증이 도진다
얼음 씹히는 소리
시린 노래다
난감이 노을로 발효될 때까지
보리수가 익어 갈 때까지
오늘이 붉고 시큼해질 때까지
잃어버리고 살았던
그날을 나도 모르게 꺼내 들고 있었다

골목의 비밀

그믐이 삼켜 버렸다
한밤중 이삿짐을 나르던
막다른 한 가족의 이야기는

어둠에 익숙해졌다
깨진 가로등 파편에
오르막길 유일한 빛이 쓸려 나가자

하루를 입 밖으로 흘리지 않았다
저층 아파트에 오래 산 사람들은

슬픔이 고여 넘치던 404호가
마을을 다 빠져나가도록
인기척이 나지 않았다
굳게 닫힌 현관문 어디서도

맨드라미가 붉디붉게 살이 올랐다
침묵하는 시간을 틈타

능소화는 산 채로 떨어졌다
전봇대를 타고 오르다

부랑자처럼 흘러 다녔다
안개가 된 골목의 비밀은

물새 떼 내려앉는 개펄

부호와 조사 하나까지
개펄 냄새를 닮은 그녀가
바다를 캔다
썰물에 맞춘 호미질이 반평생인데
절반도 캐내지 못한
그리움은 날마다 올라온다

지척의 바다에서 그는 돌아오지 않는데
타고 남은 노을을 모아 저녁밥을 짓는다
눈멀어 잡게 된 세발낙지탕도 한소끔 끓여 낸다

밥상머리 고봉으로 퍼 담은 밥
한 발을 빼면 다른 발이 더 깊게 빠지는
개펄에 물새 떼만 내려앉는다

꽃피는 희망

꽃피는 소리 들렸으면 좋겠어
모든 암호를 풀어낸 언어가
샐비어처럼 칸나처럼 피어났으면 좋겠어
등불 켜 들고 신랑을 기다리는 처녀처럼
까치발 들고 남은 내일을 기다려야지
대학 시절 읽었던 『숲속의 방』 주인공 소양이
몇 번씩 밑줄 그어 가며 읽었던 그녀도
더 이상은 눈물범벅되어 만나지 않길 바라
후회가 남는 인생일지라도
그땐 최선의 선택이었다고
왼손이 오른편 어깨를 토닥여 주는
시간을 살아야지 이제는

앵글: 멈칫거림의 자리에서 포착한 세계

최은묵(시인)

앵글; 멈칫거림의 자리에서 포착한 세계

삶의 일면에는 머묾과 벗어남이 반복되고 누적되는 과정이 있다. 이런 모습은 너무 흔해 속 깊은 곳까지 헤아리지 않고 지나치거나 외면하기 일쑤다. 하지만 보이는 것이 현상의 전부가 아니다. 어떤 경계에 멈칫거림이 있다는 걸 찾아낸 이에겐 멈칫거림이 시간상으로는 짧은 멈춤이지만 공간상으로는 갈등의 표출이란 걸 알고 있다. 갈등은 표층이 아니라 심층에 그 원인이 있다. 깊이를 더듬어 간다는 건 막연한 몸짓이 아니라 능동적인 행위를 의미하며, 질문을 회피하지 않고 맞닥뜨리는 일이기도 하다.

도복희의 『몽골에 갈 거란 계획』은 삶의 경계에서 마주친 갈등을 옴니버스 영화처럼 펼쳐 놓는다. 앵글은 시인의 눈

을 투시하기도 하고 때론 주변의 표정을 클로즈업한다. 줌인
(zoom in)의 과정에서 형성되는 깊이는 도복희 시인의 첫 시
집 『그녀의 사막』에서도 엿볼 수 있다. 어느 요일이든 떠날
수 있는(혹은 돌아올 수 있는) 세계를 상징하는 "사막"의 방황
이 얼마간 하나의 방향을 이루었다면, 이번 시집은 삶의 고뇌
를 보다 구체적이고 명확한 위치에서 들여다보고 있다.

어디서도 끝나지 않는 환생이 산다

몸을 갈아입지 못한 이무기들의 한숨과
이름을 묶어 둔 눈빛이 떠다니는 곳

발 없는 이들을 조상으로 두어서
걸음 없는 비가
환절기마다 쏟아지고
허공에 뿌리를 뻗어 가는 곳

텃새들이 계절풍을 불러들이면
영혼을 가질 수 없는 주술사가
재앙조차 낭만으로 바꾸는 곳

물푸레 숲이 저녁의 방언을 쏟아 내면

시인은 타이핑을 멈추지 않는다

숲의 주술을 베껴 쓰느라

손목이 시큰할 때까지

— 「물푸레나무 숲에는」 전문

    심리적 현상은 무형이다. 시는 이것을 비유와 상징적 이미지로 발현한다. "물푸레나무 숲"을 머묾과 벗어남의 경계로 볼 때, 그곳은 도복희 시인이 만나려고 하는 갈등의 관념적이고 근원적 위치가 된다. 그러므로 "숲"은 내면의 집합소이며 도복희가 탐구하려는 세계를 상징한다. "물푸레 숲"의 언어는 인간의 언어와 다르다. 그곳의 "방언"은 충분히 비현실적이며 탈현실적인 세계의 언어다. 이쯤에서 벗어남의 방향을 얼마간 짐작해 보기로 하자. "어디서도 끝나지 않는 환생"이라는 표현에서 찾을 수 있는 힌트는, 순환을 내포한 방향이 "끝"을 의미하는 것이 아니라 이어짐을 품는다는 사실이다. "환생"으로 명명된 이어짐은 지금과는 다른 모습으로 확장된다. 아울러 시적 의미로 환생이란 결국 시인으로서 살아가는 모습 중

하나이며, 이전과 지금과 이후의 시세계를 변모하여 이어 가 겠다는 약속으로 읽어도 좋을 것이다. 그렇다면 현실에서는 불가능한 가치가 시인이 만든 "숲"에서 가능해지는 까닭은 무엇일까?

"텃새들이 계절풍을 불러들이면/ 영혼을 가질 수 없는 주술사가/ 재앙조차 낭만으로 바꾸는 곳"에서 우리는 시인의 이데아를 엿볼 수 있다. 시인의 눈에 비친 "텃새들"은 떠나지 않는 존재가 아니라 떠나지 못하는 존재다. 그런 이들이 모여 이룬 "물푸레나무 숲"이라는 세계에서 "계절풍"은 이데아를 위한 조건이다. 아직 도달하지 않은 "계절풍"은 "텃새들"이 능동적 몸짓을 취할 '어느 때'를 일컫는 말일지도 모른다. 이것을 시인의 심상에 겹쳐 놓으면 더 깊고 먼 곳을 응시하려는 몸짓으로 읽을 수 있다. 그렇다면 텃새들은 왜 "숲"에 머물고 있을까?

도복희 시인은 벗어남이 물리적인 이동이 아니라는 것을 이미 알고 있지 않았을까. 텃새들처럼, 땅에 뿌리를 두고 사는 물푸레나무처럼, 머묾에서 벗어남의 의미를 찾아내는 것이 이 시집이 추구하는 가치라고 할 때, "재앙조차 낭만으로 바꾸는 곳"이 바로 시인이 추구하는 세계라고 짐작할 수 있다. 현실 너머의 그곳이 아직은 불명하더라도 "손목이 시큰할 때까지" "숲의 주술을 베껴 쓰"는 시인의 걸음을 따라가면 현실과 탈현실의 인과관계에 조금 더 가깝게 접근하기에 수월하다.

그믐이 삼켜 버렸다
한밤중 이삿짐을 나르던
막다른 한 가족의 이야기는

어둠에 익숙해졌다
깨진 가로등 파편에
오르막길 유일한 빛이 쏠려 나가자

하루를 입 밖으로 흘리지 않았다
저층 아파트에 오래 산 사람들은

슬픔이 고여 넘치던 404호가
마을을 다 빠져나가도록
인기척이 나지 않았다
굳게 닫힌 현관문 어디서도

맨드라미가 붉디붉게 살이 올랐다
침묵하는 시간을 틈타

능소화는 산 채로 떨어졌다
전봇대를 타고 오르다

부랑자처럼 흘러 다녔다
안개가 된 골목의 비밀은

— 「골목의 비밀」 전문

　「골목의 비밀」에서 도복희 시인은 "낭만"으로 바뀌지 못한
"재앙"의 실체를 파편적 이미지로 앵글에 담는다. 도치된 문
장은 단정하고 깔끔한 거리가 아니라 뒤죽박죽 어수선한 골
목을 대변하는 장치로 작동한다.

　몇 개의 서사로 "골목"은 사람과 사람의 관계가 소멸한 세
계를 여실히 보여 준다. "그믐이 삼켜 버"린 "가족"부터 "인기
척이 나지 않"는 "404호"까지, "어둠"과 "침묵"과 "슬픔"이 "부
랑자처럼 흘러 다"니는 골목의 실체적 이미지를 통해 시인은
소외와 무관심의 세상에서 시적 화두를 포착한다.

　이런 "골목"에서 머묾이란 어떤 의미가 있을까? 벗어남이

과연 "골목"이 던진 화두에 대한 유일한 답일까?

질문만 흐르고 답이 없는 "골목"에서 "맨드라미"와 "능소화"는 걸쳐 있는 세계를 상징적으로 보여 준다. 하지만 "침묵하는 시간"을 머묾으로, "전봇대를 타고 오르"는 행동을 벗어남으로 본다고 하더라도 결국 골목에는 갇힌 세상만 남을 뿐이다. 골목에 굴러다니는 "비밀"은 삶의 갈등과 상처가 만들어 낸 흔적이다. 그러므로 벗어남은 이동이 아니라 정신적 또는 정서적 변화에 더 근접한다고 봐도 무방하다.

도복희 시인은 갈등과 상처가 남긴 질문에 귀를 기울인다. "배추흰나비벌레가/ 쉽게 들키지 않는 건/ 배추의 뜻이란 걸/ 뒤늦게 알았다"(「4개의 파편」)라는 독백은 "골목"이라고 불리는 세상이 스스로 할 수 있는 게 아무것도 없다는 절망을 드러내지만, 한편으로는 머묾을 통해서도 삶의 갈등을 해결할 수 있다는 가능성을 제시한다고 볼 수 있다.

도서관— 폭염을 도망 나온 사람들이 오글오글 모여서 책 속에 숨어 사는 벌레를 잡거나 놓아주는 장소.

카톡— 너무 심심한 날 아무런 기대 없이 던지는 물수제비 같은 것. 일시적 파동 후 이내 처음으로 돌아감.

화가— 혼자 있어야 하는 유전자를 가지고 태어났으나 종종 사람을 만나러 일상으로 내려오기도 함. 캔버스의 언어가 파격적일수록 따뜻한 미소를 지닌 역설적 인간 유형.

구만리— 구만 갈래의 길을 헤매다 잠시 쉬어 가는 장소. 정착은 어려우나 흥미를 유지하게 만드는 갖가지 이야기가 내려옴. 비밀의 정원을 만들다 한 점 먼지로 돌아가는 물리적 시간.

이별— 겨울 들판에서 홀로 흔들리는 나무의 자세로 두고두고 아무것도 아니었다는 것을 느껴야 하는 시간.

— 「일요일의 언어」 전문

풀어도 풀어도 질문만 남는 삶에서 시는 어떻게 작동할까? "일요일"은 반복되는 7일 중 하루다. 일상에서 벗어날 수 있는 조각이다. 일요일은 주기적이고 지속해서 누적된다. 이런 관점에서 볼 때 「일요일의 언어」는 도복희 시집이 품고자 하는 색깔을 들여다보기에 넉넉하다.

"도서관", "카톡", "화가", "구만리", "이별" 다섯 개의 단어는 삶의 언저리에서 멈칫거림이 어떻게 나타나는지 선별적으로 비유하고 있다. 도서관은 책을 읽는 장소가 아니라 "폭염을 도망 나온 사람들"의 놀이터이며, 카톡은 메시지 전달의 도구가 아니라 "너무 심심한 날 아무런 기대 없이 던지는" "일시적 파동"이며, 화가는 그림을 그리는 사람이 아니라 "혼자 있어야 하는 유전자"를 타고난 사람이며, 구만리는 아득하게 먼 거리가 아니라 "정착은 어려우나 흥미를" 갖게 하는 실제 존재하는 마을 이름이며, 이별은 헤어짐이 아니라 "아무것도 아니었다는 것을 느껴야 하는 시간"이라는 흥미로운 정의 이면에는 파편처럼 흩어진 이미지가 시인의 서정에 닿아 불규칙한 파동을 일으킨다. 하지만 이러한 파동은 외면이 아니라 공유의 영역이다. 삶의 언저리에서 파생된 갈등이 시인의 자리에서는 버거움이 아니라 화두라는 사실은 분명하다.

그녀의 아홉 번째 개인전을 관람한 날
검은가슴물떼새를 봤다

들고 있던 나이프가 지나간 손목
당혹은 검붉게 들러붙어 있다

주변을 감고 있는 콘트라베이스 음률

주인 잃은 작업실에서 부화한 수천 마리 새들은
낯선 징후가 남긴 흔적이다

날개를 보고 있으면 겨드랑이가 욱신거렸다

유화물감 냄새 진동하고
흩어진 화구마다 몰입의 순간들이 말라 간다

냉장고 위 칸에서 발견된 싱싱한 유서
행간과 행간 사이 숨결이 만져진다

캔버스 박제됐던 새들도 일시에 날아오른다

— 「싱싱한 유서」 전문

　『몽골에 갈 거란 계획』에 호명된 "화가"는 한 명일 수도 있
고 여럿일 수도 있다. 그중 한 명의 죽음은 시인이 전달하려
는 세계의 단면을 깊게 들여다본다. 시공간의 갈림에 남은 것
은 "냉장고 위 칸에서 발견된 싱싱한 유서"와 "주인 잃은 작
업실"이 전부다. 이때 시인은 삶을 벗어 버린 화가의 외면을
떠올렸을까? 아니면 여전히 화실에 머무는 화가의 내면을 둘

러봤을까?

　시인은 "버려도 버려지지 않"(「여수의 시간」)는 갈등을 회
피하지 않고 되짚을 의무가 있다. "화구마다 몰입의 순간들
이 말라" 가는 모습은 실체의 머묾이고, "캔버스 박제됐던 새
들도 일시에 날아오"르는 모습은 벗어남의 상상이다. 이 둘은
같은 공간에 함께 존재한다. 그러므로 하나의 테두리에서 발
생한 모든 갈등은 별개가 아니라 서로 연관되어 있다는 가치
를 깨달았을 즈음 시인은 "몽골"이라는 새로운 세계를 발견하
지 않았을까?

　　그때까지 우리가 바라볼 수 있다면

　　울란바토르에 갈 거야

　　칭기즈칸의 후예처럼 초원의 바람을 가르며

　　서로를 정복하는 데 열 올릴 거야

　　너 아니면, 안 되겠다고

　　잘 훈련된 기마병 되어

　　널 향해 달려갈 거야

　　매일 밤 그 마음을 토벌해

　　한시라도 떨어져 살아갈 수 없도록

　　그렇게 길들일 거야

그래, 그때까지 우리가

서로의 이름으로 채운다면

순간순간 몽골의 아름다운 무사가 되어

너를 정복하는 데

모든 것을 걸어 볼 테야

잊는 연습부터 하는

내륙의 참한 여인 같은 건

절대 하지 않을 거야

— 「몽골에 갈 거란 계획」 전문

　　"담장을 허물어 바깥을 들여놓을"(「산골책방에 관한 상상」) 계
획을 통해 우리는 벗어남이 머묾에서 찾아야 하는 질문이라
는 것을 다시 한번 상기할 수 있다. 도복희 시인은 지금 여기
에서 발생한 갈등이 지금 여기의 질문이란 사실을 잘 알고 있
다. "몽골"은 지금의 질문에 가 닿는 상징이다. "우리가 바라
볼 수 있다면", "우리가/ 서로의 이름으로 채운다면"의 조건은
사실 무의미할지도 모른다. 조건을 빼 버린다고 하더라도 이
미 "몽골"에 대한 "계획"은 완벽하다. 그러므로 "너"는 2인칭
으로서의 타자가 아니라 시인으로 사는 삶을 다짐하는 '나'의
내면인 셈이다.

시인이란 개펄처럼 "한 발을 빼면 다른 발이 더 깊게 빠지는"(「물새 떼 내려앉는 개펄」) 세상을 끊임없이 디뎌야 한다. 세상에는 "구조대가 도착해도/ 구조되지 못하는 가난"(「전복된 저녁」)이 널려 있고, "기대가 부풀어 오르는 건/ 잠자는 동안"(「입추 무렵의 L씨」)뿐일 수도 있고, "철문 안쪽에서만/ 지탱할 수 있는 무게"(「손가락」)로 하루를 버텨야 하는 순간들이 질펀하다. "우산으로 막아도 폭도처럼 들이닥치는"(「4월의 폭우」) 상처와 아픔의 세상에서 도복희 시인은 "왼손이 오른편 어깨를 토닥여 주는/ 시간을 살아야"(「꽃피는 희망」) 한다는 다짐을 주저하지 않는다.

"몽골"은 불현듯 충동적으로 떠올린 이데아가 아니라 시인이 오래 축적한 질문을 심어둔 "물푸레나무 숲" 같은 공간이다. "아름다운 무사"가 되겠다는 말은 그 자체로 아름다운 소망이다. 그러니 이젠 "기억을 털어 내고 버틴 하루"(「사소한 날의 억양」)나 "새들이 날아간 방향을 바라보는 저녁"(「부드러운 은둔」) 같은 "습관"은 버리기로 하자.

늦골에 새집 둥우리가 생긴 걸까
숨을 내뱉을 때마다 잔기침이
터져 나온다 '쇠락쇠락'

겨울 들판이 한꺼번에 왼편으로 쓸리는 거 같다

억새 무리는 바람이 오는 방향을 알아

누울 때마다 한꺼번에 부딪히는 소리가 난다

출근 시간이 가까워질수록 초침이 빨라진다

눈두덩 열감 높아지고

목의 파열음 가라앉지 않은 채

출근길 골목에 선다

저기 청원구청 간판이 기울어진다

　　　　　　　　　　　　　— 「읍사무소가 보이는 화요일」 전문

　갈등은 어디에든 존재한다. 하지만 시집 『몽골에 갈 거란
계획』에서 보여 주고자 했던 갈등의 공간이 남다른 까닭은
"손쓸 사이 없던 파문"(「오후 3시의 전생」) 같은 삶을 곁에 두
고 어우르기 때문이다. 곁에서 출렁이는 파동을 화면에 담는
건 오롯이 도복희의 몫이다. 시인은 "누울 때마다 한꺼번에
부딪히는 소리가" 들리는 "겨울 들판"을 옮겨 적는다. 그 모습
을 지켜보는 일은 함께 "바람"을 맞는 것과 같다. 그러므로 우
리는 또 한 명의 도복희가 되어 그믐과 어둠과 슬픔과 침묵이
흘러 다니는 "골목의 비밀"을 기록해도 좋겠다.
　"골목의 비밀"을 적다 보면 자연스럽게 "몽골"로 가는 길을

만날지도 모른다. 그때쯤이면 "서쪽으로 오래 걷다가 돌아오곤"(「일기를 쓰는 날들」) 하지 않아도 괜찮을 것이다. 혼자가 아닌 세상, 어우러지는 세상, "맞잡은 기억이 따뜻해서 바랄 게 없는"(「일기를 쓰는 날들」) 세상은 저절로 찾아오는 게 아니라 함께 만들어 가야 한다.

> 버스정류장에 두 노인이 앉아 있다
>
> 89년째 집으로 돌아가는 버스를
>
> 기다리는 중이다
>
> 겨울에서 봄여름가을이 지나가고 다시 찾아오는 동안
>
> 무릎과 허리에 선명한 세로무늬 시술 자국
>
> 지상은 버티는 일이다
>
> 정숙이 엄마는 십여 년 투석으로 끌고 오다
>
> 일흔 조금 넘긴 나이에 저혈압으로 쓰러졌다
>
> 이틀에 한 번 가던 부여병원을 거부하고
>
> 장지로 가는 버스를 탔다
>
> 라피네 아줌마는 간암으로 환갑 며칠 지나 환승했고
>
> 더 오래 버스를 기다리던 이들은
>
> 단기 기억을 놓치기 시작했다
>
> 했던 말을 두 번 세 번 그 이상으로 반복했다

폭염 아래 중얼거리던 노파가

들어서는 버스를 바라보며

느리게 일어서고 있다

— 「승차시간」 전문

　「승차시간」은 도복희 시인이 이번 시집에서 제시한 화두를 잔잔한 목소리로 그린 작품이다. 우리는 이 느린 고요 앞에 한참 머물러 세상을 바라보는 방식을 전환할 필요가 있다. 시인의 말대로 "지상은 버티는 일"일 것이다. 버틴다는 건 슬픈 통증이다. 가야 할 방향은 모두 다르다. "정숙이 엄마"처럼 스스로 "장지로 가는 버스를" 타는 모습이나, "라피네 아줌마"처럼 "간암으로 환갑 며칠 지나 환승"한 모습을 우리는 주변에서 자주 보고 들었다. 도복희 시인은 "버스"를 기다리는 사람들을 오래 응시한다. 그런 시인의 모습은 담담하다. 자칫 감정에 휘말릴 수 있는 서사 앞에서 냉정한 시선을 유지할 수 있는 건 오랜 시간 세상에 던진 시적 질문이 단단하게 쌓인 까닭일 것이다. 그래서일까? "폭염 아래 중얼거리던 노파가/ 들어서는 버스를 바라보며/ 느리게 일어서"는 모습은 희망으로 읽힌다. 주변에 기꺼이 눈길을 건네는 일이 시인의 책무라고 한다면, 화면 가득 이런 느낌을 채우는 방식이 바로 도복희의 시가 지닌 매력이다.

가능한 과거를 버려야 문이 닫혔기에
간소한 생활만 허락되었다

입지 않는 옷을 수거함에 집어넣는 수요일은
오늘만 사는 것이 자연스럽다

빗질할 때마다 한 움큼씩 빠지는 머리카락을
쓸어 담으면 하루의 끝에 당도했다

적당한 요일을 택해
내다버리는 일을 쉬지 않았다

아무도 생각나지 않을 때까지
고요해질 때까지
평화로워질 때까지

내일은 사용하지 않는 유리잔을
모레는 신기만 하면 발이 까이는 신발을

글피는 베란다 귀퉁이 죽은 베고니아 실뿌리를 담고 있는
토분 두 개를 내다버리자

야경이 내다보이는 허공으로 이사 온 후
사는 일이 헐렁해졌다

장미허브를 키울 수 있을 만큼

― 「장미허브가 자라는 집-청주 9」 전문

시인은 나를 벗고 세상을 바라보는 자리다. 시인의 세계는
나를 비우는 만큼 확장된다. 시적 질문은 밖으로 뻗어야 한다.
시인의 냄새는 그런 과정에서 자연스럽게 퍼져 나간다.

「장미허브가 자라는 집」은 버려야 하는 것들과 버려야 하
는 이유를 제시한다. "과거"와 "입지 않는 옷"과 "사용하지 않
는 유리잔"과 "발이 까이는 신발"과 "죽은 베고니아 실뿌리를
담고 있는/ 토분 두 개"는 "고요"와 "평화"를 위해 없어도 되
는 선택이 아니라 없애야 하는 필수조건이다.

버리는 대상은 유무형에 상관없다. 버린다는 건 결국 마음
을 다스리는 수행과 흡사하다. 이런 비움의 시간을 통해 시인
이 마주한 가치는 무엇일까? "율량동 동사무소 뒤편 공터"에

살고 있는 "길고양이 여섯 마리"의 느림에서 시인이 발견한 것은 의외로 단순하다. "그들은 정해진 방향이 없어/ 방향을 이탈하는 법도 없다/ 가뿐한 태도로 순간을 마주할 뿐이다"(「길고양이가 사는 골목」)라는 독백은 오랜 내적 갈등과 고민을 파쇄하기에 충분하다.

버리고 비워 "사는 일이 헐렁해"진다는 건 "담장을 허물어 바깥을 들여놓"(「산골책방에 관한 상상」)은 후에 생긴 현상이다. 헐렁해지는 건 도착한 결과가 아니다. 비운 자리에는 바라던 "장미허브를 키울 수"가 있다. "숲의 주술"(「물푸레나무 숲」)이 가진 효력은 결코 물푸레나무 숲에서만 작용하는 게 아니다. 삶의 어느 곳에든 물푸레나무가 자랄 수 있다는 걸 시인은 벌써 눈치채고 있었을 테니까 말이다.

날 잡아가세요

애인의 아킬레스건을 베어 버렸으니

그는 꿈쩍 못 하고 내 안에서 늙어 갈 것입니다

감금은 나의 죄명이지만

항소할 생각 같은 건 애초에 없습니다

집착이 마지막 옷이 된다 한들 뭐 어쩌겠어요

도서목록을 작성해 드리지요

그를 읽어 나가는 게 유일한 호흡이 될 테니까

모든 걸 처분해 매화나무 잎눈이 담긴 책을 구입해 주세요

발목을 접질려서 아침운동은 빠져 볼게요

바람의 그늘 뒤에 숨어 페이지를 넘길게요

애인의 이름으로 주술을 만들려고요

화살이 심장을 관통하도록,

비법을 연마할게요

태양 경배 자세로 나머지 생을 바친다 해도

마음을 옮기는 일이 바람의 방향을 트는 일보다

어렵다, 그랬나요

손을 적신 죄 내려놓지 못한

집착 때문이었다고 하면

나의 아킬레스건이 될까요

― 「시인으로 사는 일」 전문

「시인으로 사는 일」에서 우리는 시인으로서의 도복희를 넉넉히 엿볼 수 있다. 시인에게 가장 큰 고뇌는 시일 것이다. 어디로 향할까? 어떤 색깔로 그릴까? 어떤 냄새를 뿌릴까? 이런 고민은 필요하지만 한편으로는 무의미하다. 시인의 삶이란 완성이 아니라 과정이다. 도복희가 걸음 하는 지금의 여정

또한 확정되지 않은 방향을 지닌다. 그러므로 시집 『몽골에 갈 거란 계획』은 제목에서도 알 수 있듯이 이전을 거쳐 이후의 세계를 제시한다. "아킬레스건"은 치명적 약점이다. 그것을 숨기지 않고 드러낸다는 건 용기다. 그럼에도 불구하고 시인으로서의 걸음을 주저하지 않겠다는 다짐은 약속이다. "마음을 옮기는 일이 바람의 방향을 트는 일보다/ 어렵"겠지만, 무관심과 상처와 침묵과 어둠에 갇힌 "마음"에 시의 마음을 얹는 일은 피할 수 없는 운명이다. 그러므로 "감금"은 '동행'이 되어야 한다. 그 순간부터 "집착"은 더 이상 "죄"가 되지 않을 것이다.

시는 집착으로 얻어지는 예술이 아니다. 어떤 '사이'에 웅크리고 있는 마음을 옮겨 적는 일이 시인의 몫이다. 끊임없이 나를 비우고 나를 벗어나는 애씀이 필요하다. "한 계절에 한 번쯤은 돌개바람에 흔들리는 미루나무처럼 그곳에 서 있어 볼 일이다"(「우리는 때로 돌개바람에 흔들리는 미루나무가 된다」)라는 시인의 목소리가 오래도록 귓가를 맴도는 이유를 우리는 놓치지 말아야 한다.

중심이 아닌 주변을 응시한다는 건 쉽지 않다. "문밖으로 눈이 펄펄 쌓"이는 "12월"에 "나이 든 딸과/ 더 나이 든 엄마가/ 슬래브 집에서 화투를" 치는 이야기는 함께 따뜻해지려는 구체적 몸짓이다. 도복희 시인에게 시란 체온 같은 것일지도 모른다. 다시 천천히 「엄마는 12월의 화투를 좋아했다」를 읽어 보자. "잠금쇠 단단히 걸어 둔 한 평 방에는/ 찐 호박고구마 놓여 있고/ 벚꽃, 난초, 홍싸리 무더기로 들어온다/ 숨 막히는 꽃들의 싸움으로/ 모처럼 환한 겨울밤이다"라는 마지막 이미지는 오래도록 따뜻하다. 이만큼의 온도가 바로 도복희가 세상에 손을 내미는 방식이라면 더 이상 그의 시가 어디로 향할지 방향을 묻지 않아도 좋겠다.

『그녀의 사막』에서 말했던 "사막"이 언제든 떠날 수 있고 언제든 돌아올 수 있는 세계였다면, "몽골"은 "사막"으로부터 더 확장된 시세계를 제시한다. "몽골"이란 종착지가 아니라 기착지이다. 여기서부터 도복희의 새로운 동행은 시작된다. 우리는 가만가만 시인의 앵글을 따라가자. 그 걸음에 또 다른 "물푸레나무 숲"을 만난다면 거기 멈춰 "손목이 시큰할 때까지" "숲의 주술"을 함께 옮겨 적는 일도 마땅히 좋은 일이다.